NULLE PART

Paru dans Le Livre de Poche :

ADAM HABERBERG

DANS LA LUGE D'ARTHUR SCHOPENHAUER

HAMMERKLAVIER

THÉÂTRE (*L'Homme du hasard* et autres pièces)

UNE DÉSOLATION

YASMINA REZA

Nulle part

ALBIN MICHEL

ISBN : 978-2-253-12134-3 – 1re publication LGF

À la mémoire
d'Andrea Peralta

À Moïra

Alta

La petite fille marche en tirant son cartable. Dix fois, elle se retourne, dix fois, elle s'arrête ou ne s'arrête pas avec son cartable, son gros manteau de cosmonaute, pour faire un signe de la main, toujours souriant, toujours gaie, partant toute seule dans le petit matin pour l'école, toute seule tournant le coin de la rue, à demi cachée par les arbres, trouvant encore des feintes pour apercevoir sa mère à travers les grilles du jardin public et souriant gentiment et envoyant encore des baisers et disparaissant avec son cartable, son petit bonnet et son manteau. Et sa mère sur le balcon qui voit cette forme adorée et qui l'inonde de baisers soufflés avec sa main et qui fait de grands signes de gaieté dans sa robe de chambre fine, souriant et embrassant dans le froid, le cœur étreint de voir la petite s'éloigner comme elle s'éloignera dans le temps, comme elle ne voudra plus que je sois là, à la fenêtre à faire tous ces gestes, que je sois là, sa maman perchée et elle maladroite et gentille, boule joyeuse avec son cartable tiré.

Elle part pour le collège, elle tient au mot collège, quand je dis lycée, elle dit collège maman. Elle a des baskets, un blouson bleu clair et un bonnet blanc. Elle marche comme on marche à son âge, un peu sur les talons, un peu vite, son cartable est un sac à dos (je ne veux pas parler de sa lourdeur). Elle longe les grilles du jardin et se retourne pour me dire au revoir. Elle marche encore, se retourne au coin, en hiver je la vois plus longtemps parce qu'il n'y a pas de feuilles aux arbres. Elle fait un dernier signe avant d'être effacée par le mur d'immeuble. Et c'est un soulagement que tu disparaisses, car jamais sinon je ne quitterais la fenêtre, je serais toujours là, chose restante, à agiter ma main, jusqu'à ce que tu sois un point.

Elle saute en vrille du plongeoir, elle sort sa tête de l'eau et me regarde, elle luit, elle ne m'interroge pas, elle brille de joie, lustrée par l'eau, elle grimpe sur une sorte de matelas rond, elle rame avec ses bras, elle fait des tours sur elle-même, le matelas se retourne, elle coule, elle rit, remonte, va au bord, s'accroche au plongeoir, l'escalade, dit en haut je vais faire une bombe, j'espère ne pas faire un plat, elle dit je n'ai pas fait de plat ! Elle remonte sur le plongeoir, elle a treize ans, elle a un petit corps de femme, elle dit regarde maman, elle

Nulle part

saute à pieds joints sur le matelas rose, elle coule, elle va où elle a pied, elle fait un poirier, un autre poirier, elle fait poirier sur poirier sur poirier...

Aujourd'hui j'écris : tu as quinze ans. Je ne t'ai (presque) jamais prise en photo mais j'ai écrit sur toi. J'ai pris quelques photos écrites de ton enfance, à certains âges. Je t'y retrouve avec netteté, bien mieux que sur n'importe quelle image. Toi, tu n'es pas sûre d'aimer ces textes. Ils te blessent par avance et déjà. Tu n'aimes pas les lire et tu ne voudrais pas les voir publier. Déjà, m'as-tu dit, tu as jeté des lettres que je t'avais envoyées quand tu étais en colonie de vacances. Sur cette question de la publication, j'ai longtemps hésité. Les récits sur toi et ton frère qui composent *Hammerklavier* n'étaient pas écrits pour voir le jour. J'ai eu raison pourtant de les avoir rendus publics, car ils parlent de tout autre chose que de vous et de moi. À une époque de ta vie, tu fabriquais des rosaces. De temps en temps, lorsque je rentrais la nuit, je trouvais sur mon lit une petite rosace. Ce qui me touchait c'était qu'elle soit seule, sans mot, juste déposée en silence.

Nathan

Il marche avec ses deux cartables l'un sur l'autre sur ses épaules, le cartable de classe et le cartable de piscine. Il a oublié que j'étais à la fenêtre, il a oublié de traverser, il marche en faisant des petits sauts de marelle. C'est la première semaine où il va à l'école tout seul. Au bout d'un moment je crie, houhou, il se retourne en riant et dit, j'ai oublié de traverser. Il revient en arrière, je lui dis, tu peux traverser où tu es, il croit qu'il n'y a qu'un seul endroit pour traverser. Il se faufile entre deux voitures et regarde d'un côté, puis de l'autre, et encore du même côté (la rue est en sens unique), et encore de l'autre, puis traverse à toute allure. Il me fait des signes et crie, je t'aime. Je réponds moi aussi mon amour, vas-y, ne t'occupe pas de moi. Je sais que ça l'embête un peu de me faire des signes, il me l'a dit. Il est content de ne pas s'occuper de moi mais il se retourne quand même de temps en temps en longeant le jardin, moi je me cache à moitié. À la fin, au tournant, on se fait des baisers soufflés. Il fait froid et humide, je ne suis pas très heureuse qu'il aille à la piscine.

Il me dit à partir de maintenant j'aimerais bien qu'on ne me regarde plus par la fenêtre. Je réponds bon d'accord, bien sûr, c'est normal, tu veux être indépendant. Et j'ajoute, ou alors une fois de temps en temps. Il dit, d'accord, une fois de temps en temps, mais par exemple pas aujourd'hui. Je répète, non, non une fois de temps en temps, ça veut dire presque jamais, juste une fois de temps en temps. Il approuve. Il met son cartable sur ses épaules, il dit, de temps en temps, si on a envie on peut le faire. Je dis voilà.

Nulle part

Je l'embrasse à la porte en le serrant. Il dit en partant, si tu veux, on peut se regarder demain. Je réponds, ne t'inquiète pas, je trouve ça normal de vouloir être seul.

À l'instant où je sors, je le vois apparaître au bout de la rue. Il revient de chez le coiffeur avec C. Lorsqu'il me reconnaît (il est myope), il se met à courir comme un fou sur le trottoir. Moi je pose mon sac par terre, j'ouvre grand les bras et j'attends qu'il se jette dedans. Pendant les mètres qui nous séparent et nous rapprochent, je vois son petit visage enivré, ses dents trop en avant offertes de joie, l'éclat magique de ses yeux, je vois les cheveux coupés et les oreilles d'habitude cachées. Lui aussi écarte les bras. Je l'emprisonne au vol, nous tournons, je tourne autant que je peux pour lui faire plaisir. Je dis montre comme tu es beau. Il n'est pas sûr d'être beau. Il s'en fout. Tournons mon amour. Un jour, je ne pourrai plus tourner, ni t'avoir dans mes bras, bientôt tu seras trop lourd, trop grand, et tu ne courras plus depuis les lointains pour te jeter dans mon cou, mes bras et mes baisers.

Je lui dis : « Pourquoi je dois supporter ça moi, au fond ? Pourquoi je veux à tout prix que tu saches jouer du piano ? Pourquoi je dois vieillir prématurément à chaque séance ? Après tout qu'est-ce que ça peut faire que tu ne connaisses rien à la musique ? »

Il répond : « Si tu crois m'encourager avec ces phrases que tu dis à chaque fois, tu te trompes ; vraiment ce ne sont pas des phrases encourageantes !

– Je ne cherche pas à t'encourager, je te fais part de mes sentiments.

– Eh bien c'est triste, une mère qui ressent ça », soupire-t-il en se détournant du clavier comme un être acculé par les événements.

En bas de chez nous, il y a un jardin public, entouré d'une haie de buissons, avec une longueur de marronniers, il y a une aire de jeux, une pelouse, une fontaine moderne en pierre, très moche, un petit coin de roseraie, deux allées avec des bancs, une impasse qui mène à une porte close d'immeuble, et surtout, du côté de la rue principale, deux cerisiers du Japon. Tous les jours, après l'école, Nathan joue dans ce jardin avec ses amis. Hier, nous le traversons ensemble. Il me dit, veux-tu visiter le jardin ? Je dis, je connais le jardin, je le connais par cœur, il dit non, pas du tout, tu ne connais rien. Bien. Nous entrons par la sortie sud. Il me montre d'abord la cabane secrète, le boulevard et la statue du con. Nous contournons la forêt des piquants en passant par l'avenue gauche, nous longeons le truc des mamans et les jeux, il me montre le passage secret, la ville fantôme, la forêt des bambous et le labyrinthe, il me montre l'ancien désert, nous traversons la zone volcanique et la plaine du volcan après avoir laissé derrière nous une des cloches qui sont au nombre de trois, ici, dit-il, tu as le repaire du gardien qui commande l'impasse des bambous, attention à la zone des abeilles, là c'est la tour d'Ivoine, la forêt amazonienne, viens, je te montre la salle de réunion et la zone des crottes. À la fin, nous sortons par la sortie nord.

Il rentre de l'école vers cinq heures. Je suis à la maison. Je reviens de voyage et j'attends une traductrice. Je ne suis pas souvent là à cette heure. Nous sommes heureux de nous voir. Il dit : « Tu veux bien, si tu as le temps, faire un petit jeu avec moi ? » Je réponds avec impatience : « Je ne suis pas à la maison pour m'amuser, j'attends une traductrice, il faut que tu comprennes que je travaille. » Il enlève son anorak sans rien dire ni montrer. Je vois ce petit corps charmant de dix ans, ses cheveux ébouriffés, je réalise la douceur des mots que je viens d'entendre. Je l'arrache du sol. Pardon mon amour, bien sûr que je ferai un petit jeu avec toi, je t'ai répondu avec une telle légèreté, nous ferons un cadavre exquis avec des mots ou des dessins, ou un pendu, ou un baccalauréat (mais je te bats à plate couture), ou un Trivial Pursuit (mais je suis nulle), un Uno (mais je m'ennuie), un Mikado (mais ça m'énerve), un Master Mind (j'ai honte de t'avoir pour fils), lequel veux-tu dis-moi, lequel dans la longue liste des jeux que je regretterai quand tu n'y penseras plus.

Moïra

Au déjeuner, nous parlons de l'usage du temps. Nous soulevons la question de la vie réelle, faut-il s'en distraire ou ne voir de salut qu'en elle, dans sa platitude, ses inerties, ses recommencements. Pendant que nous parlons et rions souvent, je m'éblouis en secret, pour la millième fois, de la rareté de son esprit, de son charme, et pourquoi ne pas le dire, de sa supériorité.

Nous sortons sous une petite pluie. L'hôtel lui a prêté un parapluie. Elle marche vite car elle déteste les parapluies et elle a honte du mien (un transparent de sac). Plus loin, à la Madeleine, on enterre Charles Trenet. Avant de retrouver la voiture, je lui dis, ça t'embête de rentrer deux secondes chez Atmosphère ? Dans la boutique où tout est en solde, elle s'arrête devant un pull noir, une sorte de tunique en laine avec des franges. Nous l'achetons et elle le garde sur elle. Dehors, les franges de laine dépassent des manches de son manteau. Elle est heureuse de cet achat, elle me dit si tu savais comme il est chaud, cet hiver je n'avais pas de pull vraiment chaud, il me va bien, non ? Il te va merveilleusement. Elle a mis ses lunettes de soleil. Elle marche soudain d'un pas d'étrangère, nous traversons la foule au son du *Requiem* de Fauré, et je la vois agiter ses poignets, agiter ses franges, se regardant avec ravissement passer dans toutes les vitrines, comme une petite fille à qui on vient d'offrir un bracelet de perles de verre.

Moïra dit, les gens sont dehors, ils sont heureux, il fait beau, tu sens une gaieté dans les rues, il y a des queues devant les musées (elle à qui cela fait horreur en temps normal). Tout le monde profite de cette fin d'automne.

Elle dit, il y a d'un côté les vivants, de l'autre moi.

Elle dit, à ce seuil de douleur-là, l'être se défait. Je ne reconnais pas en moi celle qui a perdu tout espoir. Qui est celle qui reste et est encore capable de parler ? Est-ce qu'on est tous cette personne-là *en fin de compte* ? Qui n'a rien compris au sens de la vie ? Qui n'a plus que faire de tous les attributs, le goût, le sentiment ?

Une journée si mauvaise : je ne peux penser à la vie. Je suis atterrée. Je suis sans avenir. Je fais tous les gestes de la vie sans être vivante. Cette promenade. Cette descente dans l'atelier. Même te voir, ce n'est pas la vie. Même la mort ne me réconforte pas. Même me dire *lâche prise,* je m'en fous.

Elle dit, Dieu, je n'ai jamais pu y croire et je n'ai jamais pu ne pas y croire.

Je lui lis ces notes au téléphone. Elle me dit, j'aime la dernière phrase. Elle dit, le reste est lamentable. Surtout littérairement.

Le lieu sûr de l'oubli

Le chagrin est très près de la joie.

Dans ce jardin public où mes parents sont apparus pour venir me chercher, eux qui ne venaient jamais me chercher nulle part, j'ai couru vers eux avec une telle joie, et cette disproportion de la joie était aussi un chagrin.

Nous étions partis à la campagne faire des photos. La mère de C. était éditrice de livres pour enfants. Elle avait sélectionné plusieurs petites filles de notre classe pour illustrer des couvertures de livres. Il faisait beau. Nous étions en robe d'été. Les petites filles posaient en figurant des situations, l'une avec un cheval, l'autre avec des chiens, en vélo ou dans les prés, devant des maisons couvertes de glycine. On les changeait, on les maquillait. Chacune avait son heure d'attention. Moi je n'avais pas été choisie, j'étais là en tant qu'amie fidèle de C. (qui faisait elle-même partie du lot de jolies petites filles). Je passais la journée assise sur des margelles en riant avec celles dont ce n'était pas le tour. À un moment donné une d'entre elles m'a demandé pourquoi on ne me photographiait pas. Je me souviens de la question mais de la réponse non. Je me souviens cependant que je trouvais normal de ne pas être photographiée. Je ne pouvais pas incarner une héroïne de livre. Ce n'était ni une surprise ni une déception. C'était ainsi. Un sort conjuré par le soleil, le vent dans les herbes, l'humeur joyeuse de tout le monde.

Mes parents qui étaient les gens les moins faits pour avoir un chien, un jour ont pris un chien. Un cocker noir nommé Rocky de huit ans qui s'est avéré en réalité plus âgé. À quel hasardeux apitoiement ma mère avait-elle cédé ? Considéré comme un gêneur, un embarras inutile par les employés, interdit d'appartement qu'il risquait de salir, Rocky vivait parqué dans ce qu'on appelait l'office, la sombre antichambre de la cuisine. Seule ma sœur (je n'habitais plus là) s'en occupait quand elle rentrait de l'école, le sortait et le traitait avec tendresse. Mais le reste du temps il était grondé et repoussé et avait fini par devenir un peu inquiétant comme le sont les êtres délaissés. Au bout de quelques mois, Rocky, n'ayant procuré aucune satisfaction, disparut. Ma sœur revint du lycée et ne vit dans l'office que la laisse traînant par terre. On l'avait soi-disant donné à des gens qui avaient un grand jardin. Le crut-elle ? Mais comment croire autre chose ?

Celle que nous appelions Mademoiselle n'est plus. Dans le jardin en bas de chez moi où nous passons une des dernières après-midi ensoleillées de sa vie, elle me dit : je me suis laissé entraîner dans une *croisade* du troisième âge sur la Seine, moi étant du quatrième mais enfin franchement on aurait dit le contraire. J'ai horreur de ça, les vieux vont comme des brebis, ils ne vont pas pour regarder Paris (remarque moi je m'en fiche pas mal de Paris), ils vont pour se goinfrer, ils se goinfrent de brioches et de chocolat au lait, ensuite le

Capitaine vient, il sort des dames à danser, moi je me dis pourvu qu'il ne m'invite pas, je ne dis pas que c'est mal tout ça, mais je suis quand même mieux dans ma chambre, que je tricote, que je lise ou que je pleure, si j'ai envie de rire je rigole, si j'ai envie de pleurer je pleure. Quarante ans auparavant elle était debout dans la cuisine, appuyée contre un meuble, en tablier blanc, blouse blanche ou robe très claire, revenue d'Espagne où le Commandant Carasco, « Pepe », malade sans qu'elle le sache, était mort brutalement. Elle devait rester chez nous un an, avait-elle prévenu, le temps de gagner assez d'argent pour repartir avec lui dans la vie (après la révolution, la prison, la ruine). Il était mort, rendu par la mort à sa légitime famille de l'autre bord. Elle n'avait même pas assisté à l'enterrement. Elle était là, debout, défaite dans cette cuisine, dans un pays qui n'était plus le sien, dans une famille qui n'était pas la sienne, absolument seule. Elle devait avoir l'âge que j'ai aujourd'hui.

Les lieux m'inspirent lorsqu'ils sont vus d'une route ou d'un train par exemple. Je vois un bois, un sentier, un ruisseau, le long d'une nationale, des publicités, des entrepôts. Certains événements, certains êtres sont comme les paysages. On ne peut les saisir (ou s'en souvenir) qu'en passant, à la dérobée. Ils exercent pourtant une influence radicale sur tout ce qui est formulé, ils sont la matière même de l'écriture.

Où est l'enfance ? Des jours écoulés et vécus, il devrait de temps en temps jaillir une image lumineuse, une fulgurante réminiscence.

Mais rien ne surgit. Rien ne triomphe du désir d'oubli.

Nulle part

Je ne connais pas les langues, aucune langue, de mes père, mère, ancêtres, je ne reconnais ni terre ni arbre, aucun sol ne fut le mien comme on dit je viens de là, il n'y a pas de sol où j'éprouverais la nostalgie brutale de l'enfance, pas de sol où écrire qui je suis, je ne sais pas de quelle sève je me suis nourrie, le mot natal n'existe pas, ni le mot exil, un mot pourtant que je crois connaître mais c'est faux, je ne connais pas de musique des commencements, de chansons, de berceuses, quand mes enfants étaient petits, je les berçais dans une langue inventée. D'où était mon père, mon père lui-même ne pouvait dire d'où il venait, de Tachkent, de Samarkand, que jamais il n'avait vus, de Moscou où il était né, d'Allemagne où il avait appris sa première langue oubliée plus tard, de nulle part dont il ait pu parler, dont il ait conservé traces sauf dans son corps, ses yeux et dans la brutalité de certaines manières. J'ai vu la ville de ma mère, j'ai entendu la langue de ma mère, il y a un pays qui s'appelle la Hongrie qui était le sien, dont elle ne m'a rien dit et qui ne m'est rien. Je ne peux pas dresser la table comme ma mère, ma mère n'a jamais dressé de table, je ne sais pas faire ce que les mères font et qu'elles ont appris de leurs mères dans leur tradition, je n'ai pas de tradition, je n'ai pas de religion, je ne sais pas allumer les bougies, je ne sais faire aucune fête, je ne sais pas raconter l'histoire de notre peuple, je ne savais même pas que j'avais un peuple. J'aime le nom des régions de France, j'aime les noms Creuse, Vendée, Haute-Marne, Franche-Comté et d'autres noms aussi, des royaumes de terres, des noms plus lointains que des pays et qui m'excluent, je n'ai pas de maison, de temps en temps je rêve d'une maison, pas d'une maison de vacances mais d'une maison pour m'ensevelir. Je ne veux pas le bien-être mais l'austérité. Je rêve d'un refuge. Et je veux des collines et des bois pour marcher. La France, voilà ce que c'est, ce que ce fut toujours, des noms d'endroits, de communes, ces havres inatteignables, ces cimetières de générations. Je n'ai pas de racines, aucun sol ne s'est fiché en moi. Je n'ai pas d'origines. Quand je vois dans les journaux, iranienne, russe, juive, hongroise, ce sont des mots que j'ai dits. Il n'y a pas d'images, pas de lumières, d'odeurs, rien. Il n'y a même pas de photos. J'ai retrouvé des photos prises par Marta Andras chez elle, de moi et Veronka Ligetti en mille neuf cent quatre-vingt-onze. Je suis émue par ces photos où nous rions sans cesse. Nous rions d'épuisement. Marta n'appuyait jamais sur le déclencheur et ne faisait que critiquer notre manque de naturel. Marta est morte un an plus tard, je ne sais pas ce qu'est devenue Vera Ligetti. Mais ce qui m'émeut le plus dans ces photos, c'est l'appartement de Marta, l'appartement apatride, les porcelaines, les tableaux, éléphants, théières, bouddhas, lampes apatrides, fleurs elles-mêmes apatrides, l'imprimé vaporeux et clair du canapé qui dit désormais je veux du propre, du neuf, du gai. Elle fut mon agent et amie jusqu'à sa mort, j'ai parlé d'elle dans *Hammerklavier*. Elle m'avait dit, lors de notre premier rendez-vous, je ne suis pas pressée, réfléchissez, prenez votre temps, je ne veux pas vous brusquer. Elle m'avait offert une orchidée qui m'attendait allongée sur son secrétaire. J'étais partie dans la nuit avec la fleur et un vertige d'excitation. Le lendemain matin, à la première heure, le téléphone sonnait : et alors, avait-elle soupiré de son accent hongrois, plus hongrois que celui de ma mère que je n'entends pas, que se passe-t-il ? Qu'avez-vous décidé ? Pourquoi est-ce si long ? Oui, oui, Marta, pardon avais-je répondu, je reconnais que c'était très long, absurdement long, hâtons-nous oui car j'ignore, où nous allons, si c'est loin ou près, si c'est haut ou bas. Interrogée par moi sur son enfance, ma mère dit au moins dix fois dans la conversation qui l'ennuie : il faut tourner la page. Tourner la page revient sans que je parvienne jamais à voir cette page. Elle dit, on ne peut pas ruminer ce qu'on était, elle dit, c'est idiot d'avoir la nostalgie d'un monde qui n'existe plus. Dans un couloir de mon enfance, il y avait un tableau, une peinture la représentant en train de jouer du violon. Ma mère était violoniste, je ne l'ai jamais entendue. Je mettais quand même violoniste dans la case profession des parents à l'école. Le violon est abandonné dans un placard au fond d'une étagère haute, je ne l'ai vu de mes yeux qu'à l'adolescence. Il n'y a pas longtemps, elle a voulu le vendre. Juste pour s'en débarrasser, il ne vaut rien. Finalement elle l'a donné à un jeune Portugais, sans nous le dire. Je n'ai pas de regrets. Pour un lieu, pour un endroit de ma vie, il n'y a aucun endroit que je regrette, et écrivant cela je pense aucun endroit précis, réel, je ne regrette que des temps et des lieux ignorés, je suis capable des plus violentes nostalgies pour des espaces où jamais je ne suis allée. J'ai découvert ce passage, à ma stupeur, dans *Un autre*, le journal d'Imre Kertész : « Je n'ai jamais analysé le fait, grave, que le conte préféré de mon enfance était *Le Vilain Petit Canard.* Je le lisais souvent, et à chaque fois, je ne manquais pas de pleurer. J'y pensais souvent, dans la rue, au lit avant de m'endormir, etc., comme à une consolation qui me vengerait de tous et de tout.

Cela éclaire le moteur secret de ma vie beaucoup mieux que mes grandes lectures de jeunesse qui, croyais-je, ont déterminé ma route. » Combien de fois, au hasard de lectures, me suis-je dit : j'aurais aimé écrire ça ou j'aurais pu l'écrire, mais on dit j'aurais pu l'écrire en se référant à l'idée, pour ainsi dire jamais à l'expression même. L'extrait de Kertész me frappe comme pouvant être écrit par moi *au mot près*. Je crois n'être jamais tombée sur une telle correspondance, elle est d'autant plus étrange qu'il s'agit d'une réflexion intime, d'un aveu. Peut-être que la seule différence réside dans ce dernier point. Seule, je ne l'aurais jamais écrit. Sans Kertész, cette relation au Vilain Petit Canard serait restée ensevelie dans la mémoire, avec les autres choses recouvertes et tues. La façon dont Imre Kertész rend compte de ce fait, au mot près de la façon dont j'aurais pu, si j'avais osé le transformer en *matière*, le formuler moi-même, m'oblige au dévoilement. Je ne puis sans réagir, laisser un autre exhumer un coin de mon existence. Car il y a une terre dure, piétinée depuis des années, qu'il faudra peut-être, un jour, si j'en ai la force et l'audace, retourner. À une époque de mon enfance, qui fut courte, et dont je ne me souviens pas, mon père nous a filmés avec une caméra 8 mm. Sur ces quelques films, découverts dans mon âge adulte, je me vois, sautant, tournoyant, bougeant de la façon la plus désordonnée, je suis seule devant l'objectif et je m'agite, sur tous les films où j'apparais, sur une plage ou ailleurs, je m'agite, et dès que je m'arrête ou m'essouffle, je recommence aussitôt. En voyant cette enfant folle, j'entends la voix de mon père crier : bouge, bouge ! Pour confirmer la fonction magique de la caméra, il fallait que le sujet bouge. Moi je bougeais pour lui faire plaisir, les autres enfants étaient plus naturels, plus rétifs ou indifférents, moi je bougeais absurdement, je me démenais pour lui faire plaisir. Il ne me reste pour traces animées d'autrefois que ces images de petit pantin électrifié, peut-être eût-il mieux valu ne rien voir du tout que cet essoufflement anxieux. Je n'ai aucun souvenir des lieux où nous étions. Je suis même étonnée d'être sur une plage. Nous n'allions pas à la mer ou alors je ne m'en souviens pas. Ce ne sont pas des images de joie. On ne peut pas dire ça. Dans les yeux qu'on disait pétillants, malgré la bouche ouverte sur toutes les dents, car mon père ne devait pas seulement dire bouge mais aussi, ris, ris, je ne vois pas seulement le désir de plaire et de bien faire, je vois aussi l'*incertitude*. J'aimerais savoir où nous étions. Je n'ai aucun souvenir. Souvent, sur nos photos d'album, je ne comprends pas où je suis. Le panorama ne me dit rien. Ni les gens. J'ai trouvé ce récit de Klaus Mann sur Stefan Zweig : « La dernière fois que je l'ai rencontré, il venait vers moi, sur la Cinquième Avenue, sans du reste me remarquer. Il était comme on dit, plongé dans ses pensées. [...] Comme il pensait que personne ne l'observait, il s'autorisait un regard fixe et peiné. Rien des mines enjouées qu'on lui connaissait. En outre, ce matin-là il ne s'était pas rasé et son visage avait une allure étrange et hirsute. Je le regardai, avec sa barbe de plusieurs jours, les yeux sombres et éteints, et je me dis : “Eh bien, que lui arrive-t-il ?” Je me dirigeai vers lui : “Où allez-vous ? Pourquoi êtes-vous si pressé ?” Il s’arrêta net, comme un somnambule qui entend son nom. Une seconde plus tard, il s’était ressaisi et souriait à nouveau, discutait, plaisantait, aussi courtois et animé qu’à l’ordinaire. » J’ai toujours écrit comme l’homme des autres, celui qui sait qu’on le regarde. J’ai *enjoué* le sombre et l’ai rendu aimable. Peut-on écrire comme un homme qui ne sait pas qu’on le regarde ? Dans le récit de Mann, je vois pourtant deux aspects de la vérité, car vouloir se montrer courtois et animé traduit autant, sinon plus, l’essence de l’être que le sombre du moment. Où allez-vous ? Pourquoi êtes-vous si pressé ? Où allez-vous, si pressé, les yeux éteints ? Sur cette avenue, pressé de quoi ? Oui, Marta, pardon, avais-je répondu il y a seize ans, hâtons-nous oui, car j'ignore où nous allons, si c'est loin ou près, si c'est haut ou bas. Je me hâte sans vous Marta, depuis longtemps. De là où vous êtes vous savez à présent si c'était loin et haut. Depuis que vous n'avez plus voulu vivre, je me hâte sans vous, et si personne ne me regarde, vous pouvez voir comment je suis. Sur mon balcon, il y a une plante un peu grimpante dont j'ignore le nom, de temps en temps, une tige avec quelques feuilles au bout, part, penchée vers le mur extérieur, elle s'en va derrière le coin pour se cacher. Elle a toute la place pour s'étirer ailleurs et ne cherche pas le soleil. Elle part se cacher, elle part se faire seule. Je vais la chercher, je la remets dans la lumière. J'ai déjà évoqué la poignante phrase de Barthes : « ... savoir que ces choses que je vais écrire ne me feront jamais aimer de qui j'aime... » Ce qu'on produit est comme un vêtement, un élément associé à soi, une propriété extérieure, inaliénable mais extérieure à soi, de sorte que la reconnaissance, l'estime, tous les témoignages de considération ont si peu d'importance. C'est une illusion de croire que l'admiration puisse avoir un prolongement affectif. Dans les affaires de mon grand-père, à New York, on a retrouvé une photo du Vilain Petit Canard. J'ai quatorze ans, je suis prise en pied, sur une pelouse en Suisse (je le sais à la balustrade en bois au fond), je porte un chemisier blanc à manches courtes, un short blanc avec un ceinturon blanc à boucle dorée et des mocassins noirs, mes cheveux sont cachés par un fichu imprimé, une tenue pas du tout de mon âge, pas du tout de mon époque, un effort d'élégance pourtant, bien que cela ne puisse être le mot, tant le corps, le visage sont ingrats, un effort incrédule, je le vois dans les poignets recroquevillés, les pieds un peu décalés, l'air malheureux, ce corps, ce visage, cet habillement, je les porte encore en moi. Éparpillés dans les personnages, dissimulés dans les pages, à l'insu de tous, et à mon insu aussi, on ne sait pas d'où viennent les ordres qu'on donne aux mots. Rien à tirer de l'enfance. Les écrivains retournent à leur enfance, tôt ou tard. Je ne retourne nulle part, il n'y aurait nulle part où retourner. Longs murs longés, longues attentes, terrains en friche de la banlieue neuve, sans histoire, immeubles qui remplaçaient les maisons, pâté d'immeubles qu'on appelait résidences. Couloirs, coins d'appartement, chambre infiniment rangée. Certains paysages. Certains événements. En m'appliquant j'en trouverais davantage mais c'est absolument sans intérêt. Josiane, en tournée dans la ville de Lyon, m'écrit ces lignes : « Au parc voisin où flotte l'âme de mon père, venu tous les jours de sa vie pratiquement pour courir, précurseur de tous les joggeurs, pour pédaler quand il n'a plus pu courir, j'ai refait les chemins parcourus à tous les âges de ma vie. Un jour j'ai vu ma mère attraper en cachette des fleurs d'acacia et en manger des pétales. Elle si mesurée, si sage, adoratrice de la raison, mangeant des fleurs en se cachant des gardes devant ses (jeunes) enfants médusés. » Mes jardins à moi sont sans danger. Je peux facilement passer devant et même les traverser. Aucune âme n'y traîne. Je suis tranquille. L'enfance heureuse est une charge inutile pour l'avenir. Et l'enfance tout court. N'importe quelle enfance. Josiane a refait le chemin entre le cabinet médical de son père et l'appartement familial : « ... J'ai refait le chemin qui me semblait, enfant, un petit voyage entre le Cabinet et l'Appartement. Cinq minutes à pied. Le soleil dans la rue. Mon père si fier de nous faire vivre là dans ce quartier bourgeois près d'un beau parc. » Elle a mis des majuscules à Cabinet et à Appartement. Donc elle refait ce chemin et sans qu'elle le dise et que ça n'apparaisse (ou alors peut-être justement dans ce merveilleux détail), je sens que son cœur se serre. En 1987, Didier a filmé, de loin, sans lumière, avec une seule caméra, une représentation de *Conversations après un enterrement* au Théâtre Paris-Villette. Je ne sais plus pourquoi nous l'avions fait, ce qui semble naturel à tout le monde ne l'était déjà pas pour moi, je n'ai jamais cru qu'il fallait *archiver* (mot horrible) un spectacle. Quelques mois plus tard, j'ai regardé cette cassette, seulement le début, les premières minutes, jusqu'à ce que les personnages marchent, entrent, sortent. On ne voyait pas grand-chose, on ne voyait pas le détail des visages mais on entendait le son, je ne veux pas dire les mots, je veux dire le pas des acteurs sur les planches, un certain bruit de pas sur ce sol de bois auquel je n'avais jamais prêté attention mais qui, pour une raison obscure, renfermait l'âme de la pièce, et signifiait, dans ses inégales tonalités, l'éloignement, l'oubli. Ce bruit de pas que je n'entendrai plus jamais dans la vie réelle a provoqué en moi une mélancolie brutale, inqualifiable, du passé et de l'avenir, je n'ai pu continuer à regarder cette cassette et je ne l'ai jamais revue, n'est-ce pas de cette sorte de mélancolie que souffrent les gens qui croisent leur enfance ? Dans la rue de l'école, pendant longtemps, il n'y a eu d'un côté qu'un long mur qui cachait un terrain inexploité. Le plus souvent je marchais sur l'autre trottoir, moins uniforme, mais il m'arrivait de traverser et de longer le mur. Une rue en devenir qui remontait jusqu'à notre immeuble. J'ai demandé à ma sœur ce qu'était devenue notre chambre lorsque je l'ai quittée vers l'âge de quinze ans, je n'ai, lui dis-je, aucun souvenir de ta chambre quand tu l'as habitée seule. Mais, répond-elle, elle n'a pas changé, elle est restée la même. Je pense à notre chambre, toujours infiniment rangée, rangée afin que rien ne traîne, pas un jouet, pas un habit, pas un seul objet qui n'ait son immédiate utilité. Je demande : Le même papier peint ? (colonnes de bouquets de pâquerettes) – Oui. – Le bureau ? – Oui. – Tu as mis des choses au mur ? – Non. – Tu aimais notre chambre ? – Non. Mais j'aimais le marronnier devant la fenêtre. Je lui dis que je ne me souviens pas du marronnier elle s'étonne, mais si le gentil marronnier ! Je pense soudain à *Une désolation* et au personnage de Lionel contemplant chaque jour et en toute saison le marronnier devant sa fenêtre, et me vient l'idée saugrenue, aussitôt rejetée, que ce marronnier inventé du carrefour Laugier-Faraday pourrait n'être qu'une transplantation de notre marronnier de l'enfance dont je n'ai aucun souvenir, mais je rejette cette idée, ce marronnier de l'enfance est effacé, il y en a eu d'autres depuis. Elle n'était ni à moi ni pour moi cette chambre ordonnée où je me suis tenue pendant des années et que quelqu'un occupe aujourd'hui voyant le même carré du dehors, l'arbre s'il existe toujours, la vie du chemin de fer, les trains de marchandises et la butte derrière, une chambre à moitié vide tournée vers le nord, un lieu de passage troué par deux portes transversales, que l'on abandonne sans regret pour se sauver dans l'avenir. De temps en temps, je repense au court voyage que nous avions fait avec ma mère à Budapest. Un retour dans sa ville natale, dans son pays natal, comme s'il n'y avait ni ville natale, ni terre natale, un voyage sereinement détaché, comme si ces mots auxquels j'accorde moi – on se demande bien pourquoi – un sens lourd, et même antique, n'étaient que fantasmagories littéraires. Récemment quelqu'un m'a dit qu'il aimait tel endroit parce que c'était son pays. Les gens qui peuvent dire mon pays souvent parlent d'un village, d'un coin, c'est toujours ça le pays de toute façon, un lieu inaugural, une parcelle, ça ne peut pas être trop vaste. Quelle différence y a-t-il entre les gens qui ont un coin et ceux qui n'en ont pas ? À quoi bon un lieu, une terre, des racines, puisque de toute façon – ? Il n'y a jamais eu de tombes, aucun endroit des morts. J'ai eu une petite sœur morte, j'ignore où elle est. Mes grands-parents maternels sont quelque part, en cendres, à New York, ma mère ne sait pas où. Mon père et ses parents, c'est moi qui les ai mis *en ville*, avant sa mort, pour ne pas avoir à l'enterrer dans la lande de banlieue, en bordure du périphérique où il avait récemment enfoui son frère et rapatrié de je ne sais où son propre père et sa mère, dans un carré même pas juif, un jour, dans la rue, le sachant malade, le sachant foutu pour dire les choses, je lui avais demandé, lorsque tu mourras, voudras-tu être enterré de façon religieuse ? Il s'était arrêté de marcher pour s'offusquer, bien sûr, quelle question ! J'avais dit, mémé n'est pas enterrée dans un carré juif, il avait répondu, eh bien c'est une erreur. Donc maintenant je sais où il est, et son père, sa mère, son frère, je sais où ils sont, dans ce carré juif du cimetière Montparnasse où nous avons pu par miracle trouver trois emplacements, mais c'est une terre absolument nouvelle, sans racines, des corps mis là au hasard du sort, sans aucun lien avec rien, je ressens comme une sorte de promotion sociale qu'ils soient là, en plein Paris, à côté de gens connus de la culture française, comme des nouveaux riches de la mort.

Table

Alta 9
Nathan 19
Moïra 33
Le lieu sûr de l'oubli 41
Nulle part 57

YASMINA REZA
DANS LE LIVRE DE POCHE

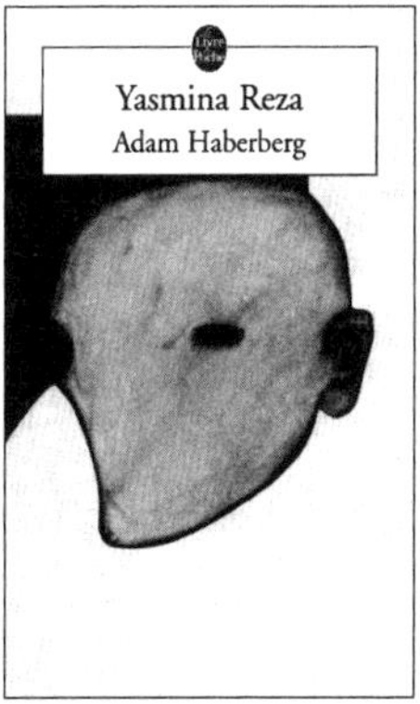

Adam Haberberg

« Un beau jour on s'assoit et ça y est, on se fout d'être Adam Haberberg. »

Y. R.

n° 30153

Dans la luge d'Arthur Schopenhauer

« Le maître de mon mari a étranglé sa femme, lui se contente de laisser sa main choir au bout de l'accoudoir, de façon lamentable et flétrie. Mon mari n'a pas de radicalité. C'est un disciple. La génération de mon mari a été écrasée par les maîtres. »

Y. R.

n° 30764

Hammerklavier

Un rêve : le père de l'auteur rencontrant Beethoven au paradis, et celui-ci furieux qu'il joue si mal son adagio. Un visage : celui de sa fille, souriante, à l'âge où il manque des dents. Quelques mots d'Aimé Césaire qui la rendent triste : « un morne en haut... » De ces instants vécus, anecdotes, petits événements, souvenirs, est fait ce livre, autoportrait formidablement sincère, où la dramaturge, auteur d'*« Art »* et de *Conversations après un enterrement*, va au plus profond d'elle-même, de ses perceptions et de ses sentiments les plus singuliers, les plus irréductibles. Avec une hantise : le temps, sa lenteur destructrice, et face à lui le refus de la résignation, le goût du combat. Cette sensibilité exceptionnelle de finesse et d'exigence, Yasmina Reza la traduit dans une écriture rigoureuse et imagée qui fait de beaucoup de ces fragments de véritables poèmes en prose.

n° 14664

Théâtre

Pour la première fois, voici réunie en un seul volume l'œuvre de dramaturge de Yasmina Reza. *Conversations après un enterrement, La Traversée de l'hiver, « Art », L'Homme du hasard* ont en quelques années imposé sur la scène française un auteur singulièrement actuel, dont les huis clos – train, hôtel ou living – sont autant de comédies subtiles et décapantes, d'un ton profondément moderne. Les œuvres de Yasmina Reza sont à présent jouées et applaudies dans de nombreux pays.

n° 14701

Une désolation

« Tu me bravais avec cette ridicule soif d'absolu qu'ont les gens de cet âge et je me disais, le petit est véhément à souhait, il sortira du lot. Mais tu n'es sorti de rien. Les vapeurs de jeunesse passées, tu as repris ta place dans la moyenne. Plus trace d'insurrection. Plus trace de vengeance. Tu as si vite craint pour ta peau, mon pauvre enfant. Comme la cohorte de tes amis les veules, tu sais que tout geste se paye, aussi as-tu choisi d'emblée de ne plus te signaler. Écarter la souffrance, tel est votre horizon. Écarter la souffrance vous tient lieu d'épopée. »

Y. R.

n° 15020

Du même auteur
aux Éditions Albin Michel :

HAMMERKLAVIER

CONVERSATIONS APRÈS UN ENTERREMENT

LA TRAVERSÉE DE L'HIVER

« ART »

L'HOMME DU HASARD

UNE DÉSOLATION

LE PIQUE-NIQUE DE LULU KREUTZ

TROIS VERSIONS DE LA VIE

ADAM HABERBERG

UNE PIÈCE ESPAGNOLE

DANS LA LUGE D'ARTHUR SCHOPENHAUER

Composition réalisée par IGS-CP

Achevé d'imprimer en Espagne en septembre 2007 par
LIBERDUPLEX
Sant Llorenç d'Hortons (08791)
Dépôt légal 1re publication : septembre 2007
N° d'éditeur : 89493
Librairie Générale Française
31, rue de Fleurus – 75278 Paris Cedex 06

31/2134/0